如果只回答一句不清楚，就可以矇混過去，那麼地獄還有什麼規矩可言？
馬上給我去調查清楚，看看這個傢伙現在人在哪裡？到底在幹什麼？聽到了沒有？
於是，惡魔就被閻魔王送到了人間，負責尋找佐羅力的下落。
給各位讀者的小提醒
☆這個惡魔在《怪傑佐羅力之恐怖嘉年華》和《怪傑佐羅力之拉麵大對決》這兩本書中，就開始監視佐羅力。如果家中有這兩本書，不妨找找看。

地獄之門
非工作人員，不得打開此門。
（即使是讀者也不例外。）
什麼？你說你、你想要打開這道地獄之門？
這樣好嗎？你做好心理準備了嗎？我勸你還是不要打開吧！

什麼！這個傢伙怎麼還沒有來地獄報到。到底是怎麼回事？
門
啊，他溜進去了。
你是誰啊？我以前怎麼沒見過你呀？
現在，閻魔王正氣得火冒三丈，你可要小心點。
啊，好可怕！

地獄中，
閻魔王一邊
津津有味的吃著
他最愛的
芝麻仙貝，
一邊把惡魔嘍囉
叫到面前，
對著他
大發雷霆。

放在桌子上的
閻魔帳，
上面清清楚楚的寫著
佐羅力的名字。

閻魔帳

《閻魔帳》這本書記錄了誰要在什麼時候到地獄報到的預定表。

「既然閻魔帳上已經寫得一清二楚，
那就躲不過要來地獄報到的命運。
可是，為什麼還不見他的人影？
喂，你應該知道
這個叫什麼佐羅力的傢伙
到底在哪裡吧？」
「當、當然知道。」
閻魔王瞪著惡魔，惡魔嚇壞了，
慌慌張張的從皮包裡拿出了照片。

「這就是佐羅力。
我監視他很久了，
可是他看起來不像快死的樣子
該怎麼辦才好呢？」
閻魔王聽到惡魔的話，
頓時火冒三丈，
怒火噴發，大吼：
「你怎麼可以說得
這麼輕鬆？

如果大家都不遵守地獄的規定，隨隨便便的要來不來，那不就丟盡了我閻魔王的臉嗎？不管用什麼方法，都一定要把他抓來這裡。」

聽到閻魔王的吩咐，惡魔嚇得渾身發抖，慌忙衝出地獄。

這時，怪傑佐羅力因為偷竊金牌獎盃，事跡敗露，正被大批警察追捕。
發現他們了，在那裡！
追上他們了，這棟大樓這麼高，你們已經逃不了了。
趕快投降吧。
嗚哇，慘了，佐羅力大師。
這下完蛋了！

怪傑佐羅力之
天堂與地獄

文·圖 **原裕** 譯 王蘊潔

「哼！本大爺怎麼可能
乖乖就範！伊豬豬、魯豬豬，
跟我來！」
佐羅力跨過欄杆，縱身一躍，
跳向隔壁
那棟大樓。
但是，

兩棟大樓之間的距離，
實在太遠了。
佐羅力的手
好不容易才抓到
一點點屋頂的邊緣！
這時……

伊豬豬和魯豬豬連房子的邊緣都抓不到，兩個人只好緊緊抓住佐羅力的大腿和尾巴，不斷把佐羅力往下拉。

另一方面，佐羅力為了不留下指紋，兩隻手都戴上了手套，以至於抓住屋頂邊緣的手一直打滑。

這下真的完了。

正當佐羅力閃過這個念頭時，

突然發覺屋頂上有個影子。

「喔，真是天助我也。

朋友，請你伸出貴手拉我一把。

本大爺一定重重答謝你。」

佐羅力此時求助的

不是別人……

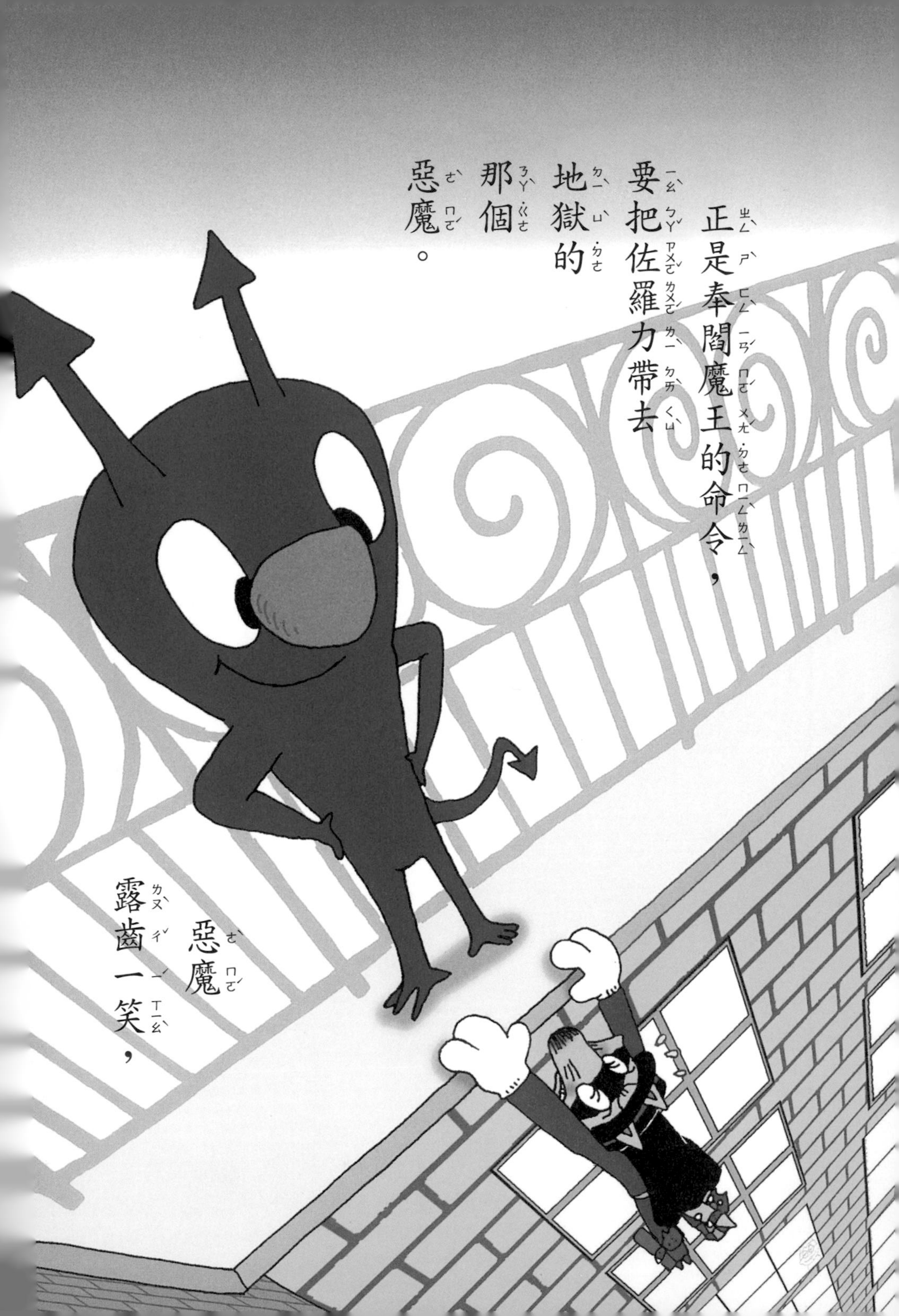

正是奉閻魔王的命令，
要把佐羅力帶去
地獄的
那個
惡魔。

惡魔
露齒一笑，

我勸你趕快鬆開手，去地獄報到吧。
惡魔用尖尖的尾巴，嗤的一聲，用力刺向佐羅力的手。
嗤
嗚啊——啊
佐羅力痛死了，忍不住想要把刺痛自己的東西拿開，結果就抓住了惡魔的尾巴。
咦？
揪住

就在這時，佐羅力驚訝的發現，
自己的兩隻手
都鬆開了屋頂邊緣。
等他察覺的時候，
已經來不及了。
於是，
怪傑佐羅力和
緊緊抓著他的
伊豬豬和魯豬豬

一起朝著地面，
往下墜落。

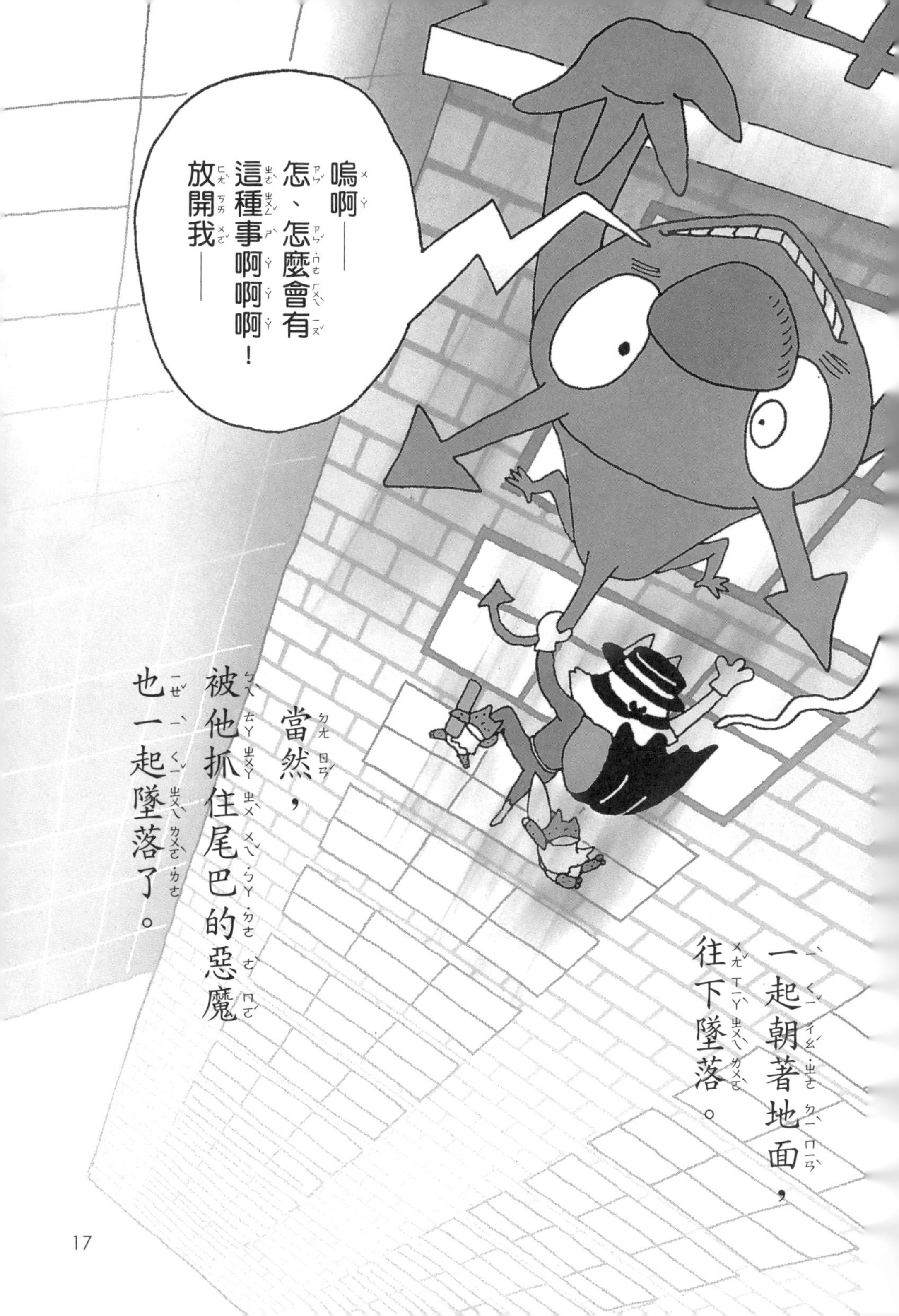
嗚啊——
怎、怎麼會有
這種事啊啊啊！
放開我——

當然，
被他抓住尾巴的惡魔
也一起墜落了。

這時，佐羅力發現
自己手上抓著一個
尖尖的東西，

於是，他用盡所有力氣，
抓住那個尖尖的東西
用力刺向大樓的牆壁。

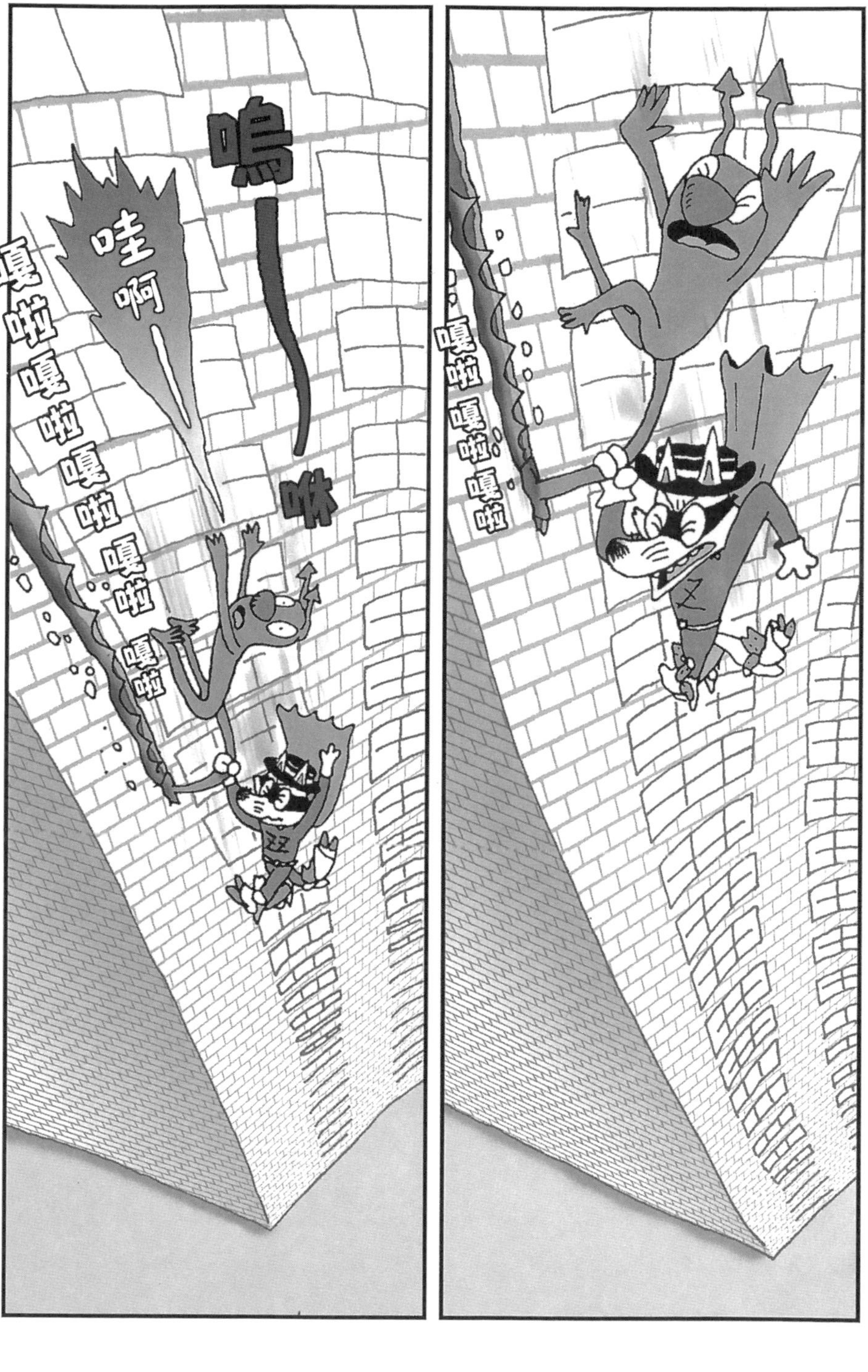
嘎啦嘎啦嘎啦
嗚—
咻
哇啊—
嘎啦嘎啦嘎啦嘎啦嘎啦

就在
佐羅力他們
差一點墜落到地面時，
終於停了下來。
「哇喔，得救了。」
他們還來不及喘一口氣，
從隔壁大樓衝下來的警察已經趕到了。
「哼，真是一刻都不得閒。」
佐羅力帶著伊豬豬和魯豬豬

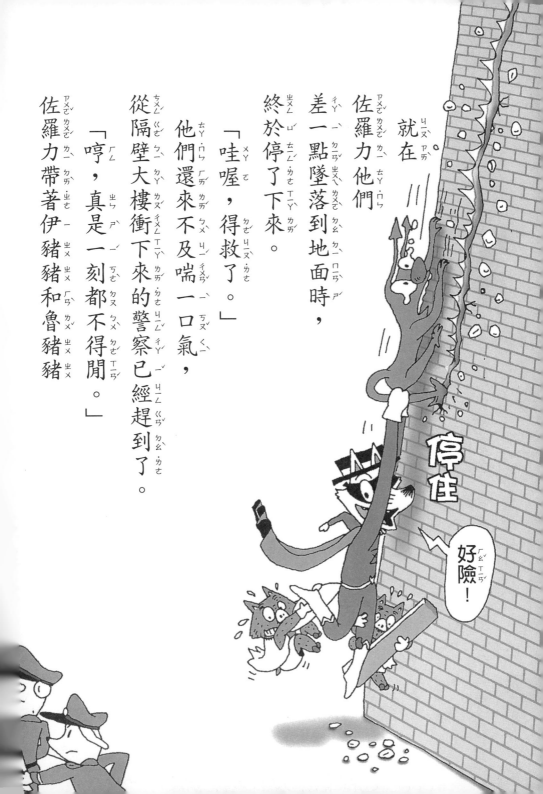

慌忙轉身逃跑了。

留在原地的惡魔在趕來的警察面前，露出被害者的表情，指著某個方向說：

「壞人往那裡逃了。」

但是他指的和佐羅力三人逃走的方向完全相反，因為……

如果佐羅力被警察抓走，
那麼，惡魔帶他去地獄之前，
還得要先去監獄把他救出來，
反而給自己添麻煩，
增加額外的工作。
惡魔目送警察離開後，
立刻搶先
佐羅力他們一步，
在前方

偷偷豎起了這樣的告示牌。

惡魔畢竟是惡魔，當然不可能有這麼好的心腸。

這裡是可以讓小偷安全無虞的森林。
這個世界真是愈來愈祥和美好了。

惡魔從地獄帶來的怪獸，
正好埋伏在這個森林裡。
就在道路的正中央，
怪獸張開了大嘴，等在那裡。
佐羅力他們完全不知道
這其實是個陷阱，
一蹦一跳的，
自己走進了那張大嘴裡。

佐羅力他們
會在完全沒有
察覺自己被怪獸
吃進肚子裡的情況下，
糊里糊塗的
墜入地獄嗎？

當然不會。
地獄的怪獸
不光是嘴巴大，
屁眼也很大，
所以，佐羅力他們
經過怪獸的肚子，
又走了出來，
完全不知道
發生了什麼事。

喂，金牌獎盃還在不在？有沒有拿好？不要掉了！
啊，前面有一條河。我口渴了，大家一起過去那裡休息一下吧。
啊，當然還在。我好好的拿在手上呢。
所以說，佐羅力他們在不知不覺中，變成了〇便嗎？
原裕說的這句話很低俗，很可能會引起抗議，請沿著虛線折起來，千萬不要被大人看到。

不一會兒，河邊傳來佐羅力氣急敗壞的慘叫聲。

「這是什麼東西啊？」

他把偷來的盒子打開一看，發現裡面裝的不是金牌獎盃，而是夜市的套圈圈玩具。

「我不是再三叮嚀你，要去拿右邊第三個盒子嗎？怎麼還會拿錯？」

「有啊，我有啊，

我聽從您的指示，
拿了從這裡數過去的第三個盒子啊。」
伊豬豬舉起了左手。
「不對，右手是拿筷子的那隻手哇。」
「那就沒辦法了，
我們最近什麼東西都沒吃，
都忘了要用哪隻手拿筷子。」
佐羅力聽了伊豬豬的話，
心想：

嗯，說得有道理。大家肚子都餓壞了。
這是甜甜圈的話，至少還可以暫時填飽肚子。唉～
他拿著其中一個套圈圈，忍不住嘆著氣。
伊豬豬和魯豬豬看了之後
我們兩個這次好像又闖下大禍了。
對啊，我們趕快去找一些可以吃的東西，讓佐羅力大師打起精神，這才是最好的補償。
兩個人討論之後，意見一致，立刻出發去找食物。

值得慶幸的是，
這一帶四處都是大自然的恩惠，
他們很快就找到了
活蹦亂跳的魚、
蕈菇和野菜。

伊豬豬和魯豬豬
決定利用這些食材，
煮成一個大火鍋
好好享受一餐。

一直躲在草叢裡
觀察他們的惡魔，
得意的奸笑起來，
沒想到，
惡魔緊握
在拳頭裡的……

竟然是毒露。
這種毒露
非常非常可怕，
一旦吃下去，
會在八個小時內
一命嗚呼，
暴斃身亡。
惡魔趁著
伊豬豬和魯豬豬

毒露

●一旦吃下
這種毒露，
必須在
八個小時以內，
吃下一種
名為「安達可利亞」
的夢幻花
才能解毒。
想要知道
更多詳情的人，
記得去看
《怪傑佐羅力之
命運倒數計時》。

不留神的時候，把毒露撕成小片，
丟進他們的鍋子裡。

「喂，伊豬豬、魯豬豬，
什麼味道這麼香啊？」
坐在河邊的佐羅力
拚命吸著鼻子聞哪聞。
「嘿嘿，我們為大師
做了好吃的火鍋，
現在立刻端過去給您享用。」

伊豬豬和魯豬豬
一拿起鍋子，
「好燙好燙，好燙啊。」
「燙死了，燙死了。」
由於鍋子的把手變得很燙，
兩個人的手都被燙到了，
於是忍不住把整個鍋子
甩出去。

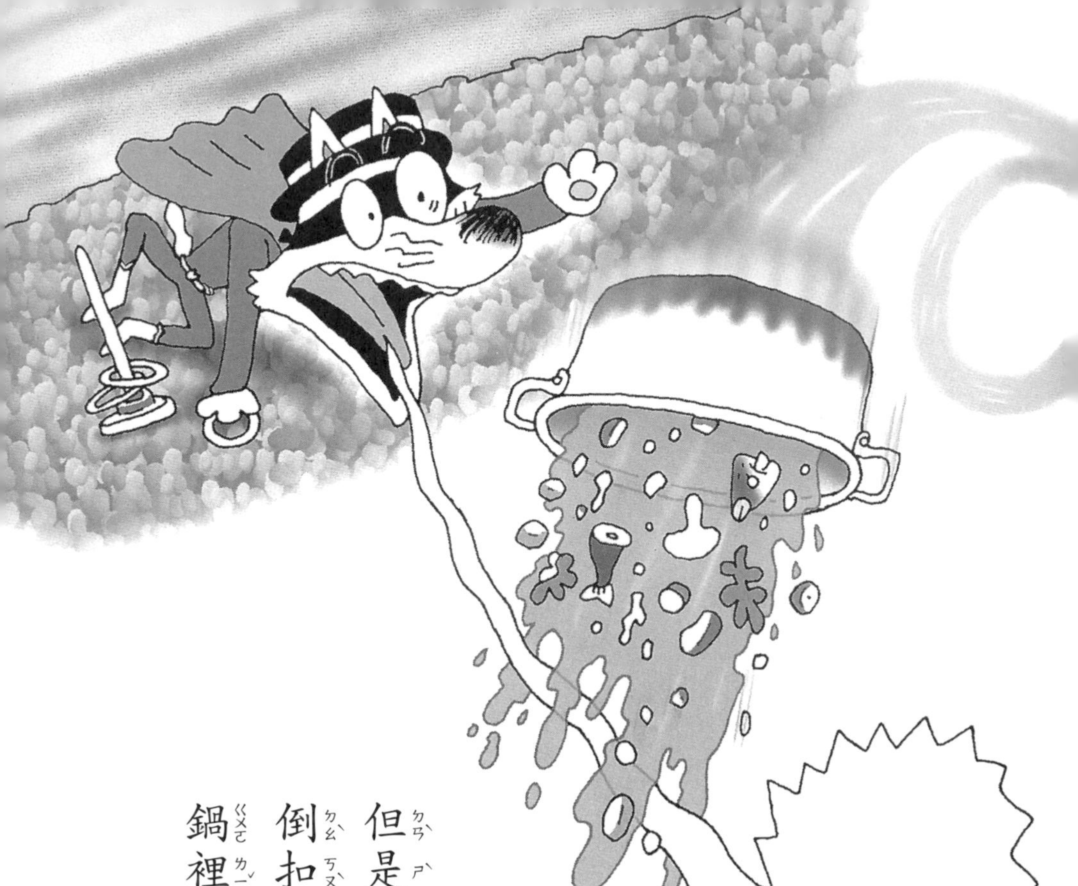

要拿燙的東西，
不會戴手套嗎？

佐羅力慌忙
對著他們大喊，
但是鍋子已經飛到半空中，
倒扣過來，
鍋裡的好料也灑了一地。

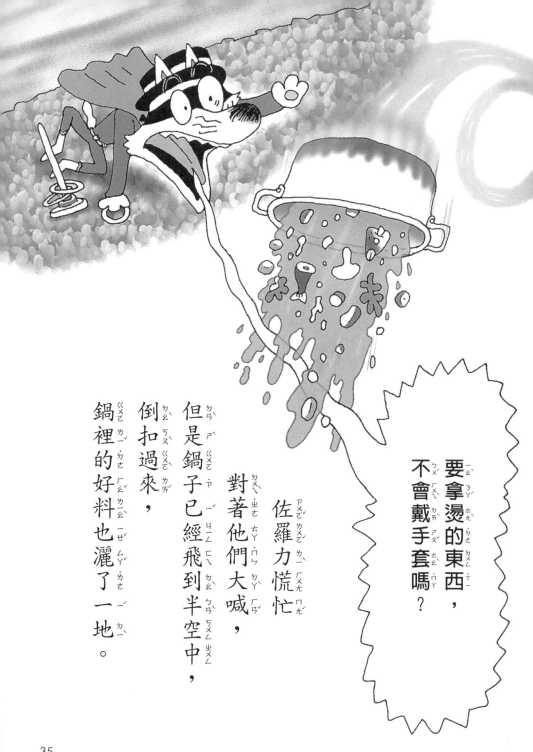

晚餐沒了！
三個人只能
站在河邊，
眼睜睜的看著
剛剛煮好的那鍋湯，
變成一堆
被甩得爛兮兮的食材，
慢慢吸進
石頭的縫隙裡。

真是的，連鍋子都摔壞了。
爛兮兮

三個人的肚子已經餓扁了，
一點也提不起勁來。
天色漸漸
暗下來，
他們決定到
附近的草叢，
找個地方
睡覺休息。

佐羅力他們可能真的累壞了。
一躺下來就打鼾，
很快就睡著了。

「哼，這個傢伙的
狗屎運還真強，
這次絕對不能再失手了。」
惡魔又出現了，
他偷偷走過去，
把十二根土製炸藥

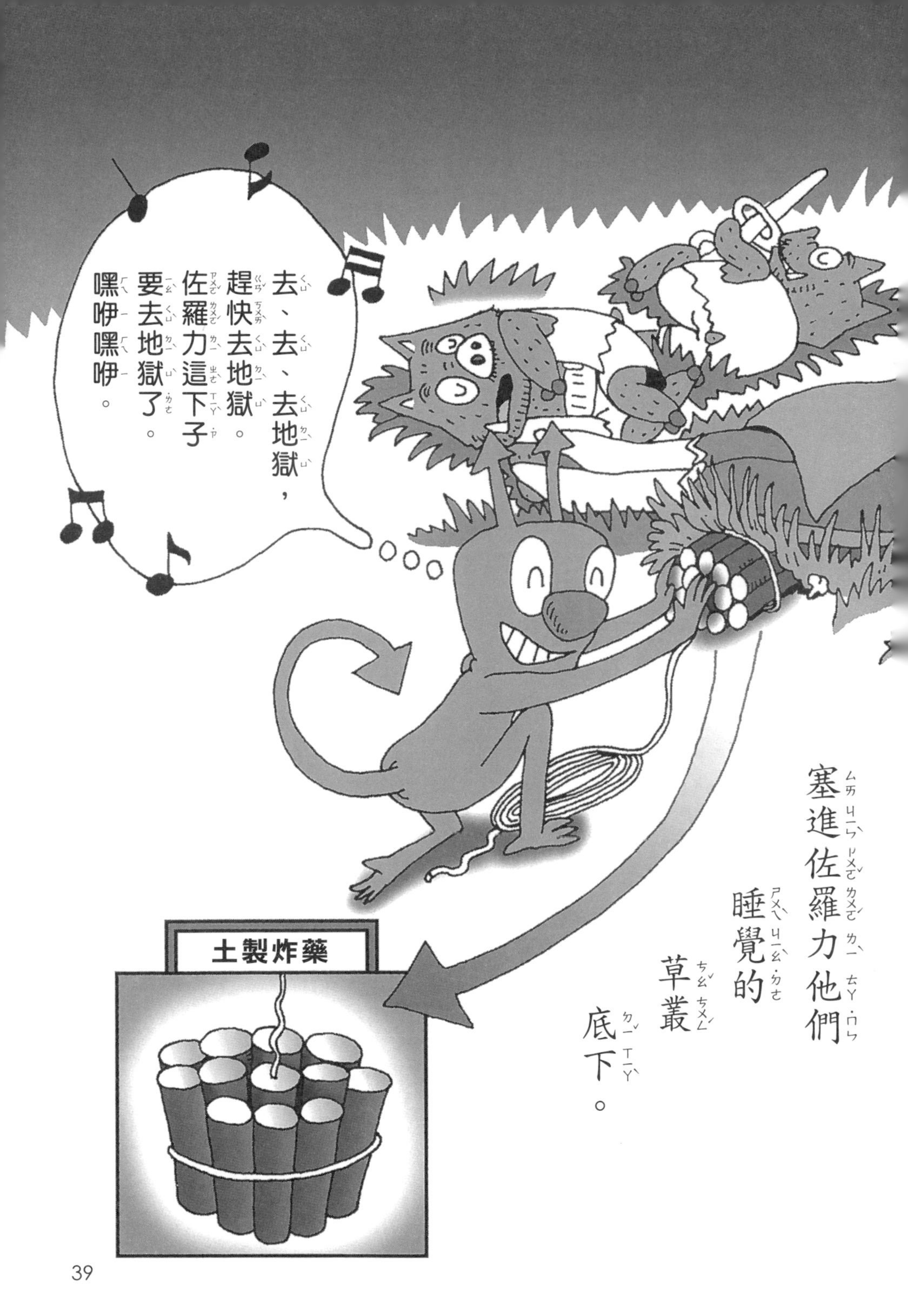
去、去、去地獄，
趕快去地獄。
佐羅力這下子
要去地獄了。
嘿咿嘿咿。
土製炸藥

塞進佐羅力他們睡覺的草叢底下。

惡魔
得意洋洋的，
拉著長長的
導火線
一直往遠處
走去。
然而，

噗嚕
他完全
沒有發現
自己尖尖的
尾巴不小心
勾到了
導火線。

結果，惡魔把土製炸藥
拖到了自己的身旁，
卻完全沒有察覺，
他把導火線
連接在爆炸開關上，

然後，
用力按下去。

轟—隆

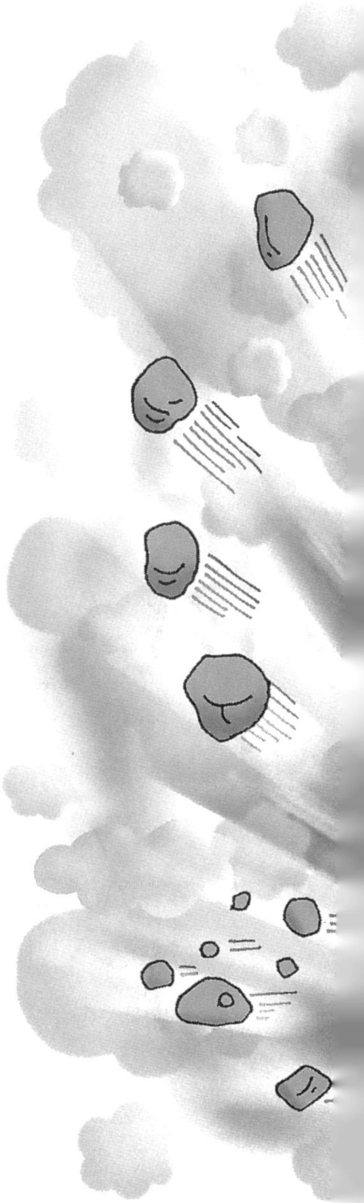

「怎麼了？怎麼了？發生大地震了嗎？」

佐羅力被巨大的爆炸聲驚醒，整個人跳了起來。

他左顧右盼、東張西望一陣後，只看到草叢裡張開手腳躺成了大字的伊豬豬和魯豬豬。

「原來是夢啊。」

佐羅力說完，

正想再躺下來繼續睡覺時，

不知道從哪裡傳來一個低沉的聲音，

而他的肚子此時也咕嚕咕嚕響了起來。

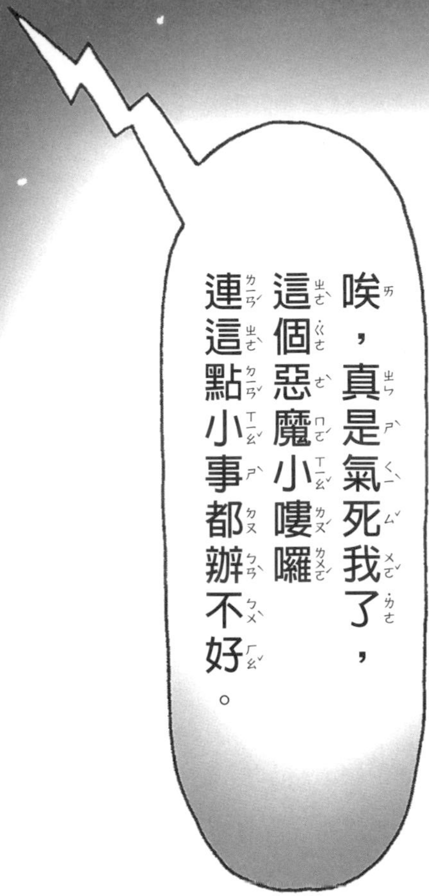
唉，真是氣死我了，
這個惡魔小嘍囉
連這點小事都辦不好。

閻魔王的身影
出現在夜空中，
手裡拎著
被炸得渾身焦黑的惡魔，說：
「喂，
你這個叫佐羅力的傢伙，
我閻魔王
親自來接你
去地獄了。

今天我大發慈悲，
不管你想怎麼死，
都沒有關係，
如果你有什麼
中意的死法，
儘管說出來聽聽，
不必客氣，
我都可以成全你。」

「我、我為什麼非死不可啊？恕我無法從命。我才不想去地獄那種鬼地方。」

佐羅力連忙搖手拒絕閻魔王，沒想到睡迷糊的伊豬豬突然坐了起來，對閻魔王說：

喀呵呵呵，我有一個好主意。
我們的肚子餓壞了，
如果現在可以被一個
超級、超級大的章魚燒砸死，
那就死而無憾了——

閻魔王聽了，立刻說：
「沒問題，我就成全你們。」
他話一說完，

滋—咚
哞嘰
嗚嘰

一個超級、超級大的
章魚燒突然從天而降，
把佐羅力他們壓扁了。
當他們三個人終於
醒過來時……

已經來到了地獄。

「佐羅力，終於等到你了，你真是讓我費了好大的工夫啊。」

閻魔王把臉湊到佐羅力面前。

「為什麼要把本大爺帶來這種地方？我完全搞不懂。」

佐羅力生氣的說。

「你的名字出現在這本閻魔帳上，

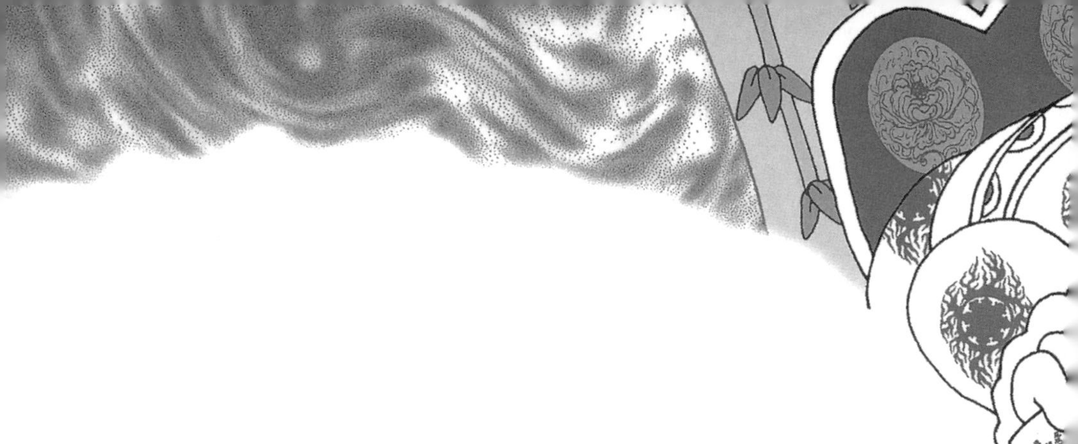

就得乖乖的來地獄報到。」
閻魔王翻開閻魔帳，
拿到佐羅力面前。

「啊，真的是我的名字。
原來我已經活到盡頭了。」
佐羅力抱著頭說。

「那我們的名字
寫在哪裡呢？」
伊豬豬和魯豬豬問。

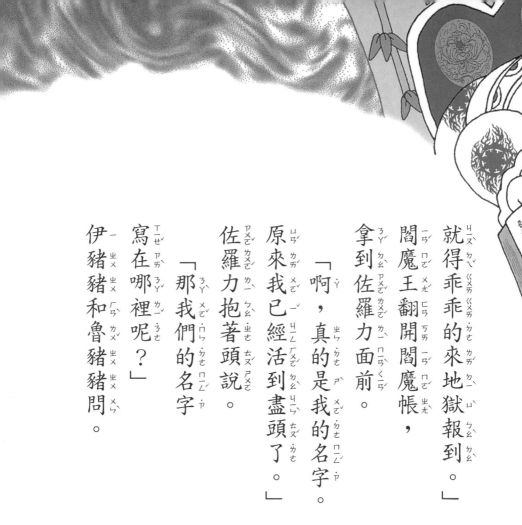

大王

「你們是佐羅力的跟屁蟲，
所以就不小心把你們一起
帶來地獄了。這是我的疏失，
我馬上把你們送回去。」

閻魔王拿出送他們回人間的機器，
向伊豬豬和魯豬豬招了招手。

等一下，我們曾經發誓，
願意陪著佐羅力大師
上刀山，下油鍋，
就連十八層地獄也不怕，
魯豬豬，你說對不對？

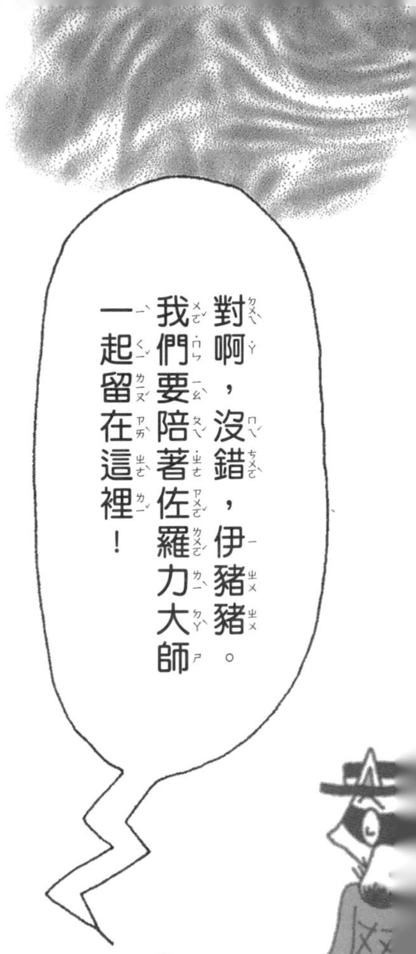
對啊，沒錯，伊豬豬。我們要陪著佐羅力大師一起留在這裡！

兩個人挺起胸膛，搭著肩說。

「既然這樣，你們就趕快去承受地獄的痛苦吧。」

閻魔王用力一踹……

咚！

可怕的地獄！

他們三人來到了地獄廣場，看到整個地獄的景象。有好幾十個被送來地獄的壞蛋，已經等在那裡了。

血泊地獄
會被丟進足足有2公里長、黏乎乎的血池裡游泳，不可以抬頭換氣。
拔舌地獄
會被閻魔王用鉗子把舌頭拔下來。
冷笑話地獄
會被一大群大叔包圍，聽他們滔滔不絕、不停說著幾乎會讓身體結冰的冷笑話。
那個手錶表裡不一哦！
我來跟你開碗小
針山地獄
要整天在長滿尖刺的山上爬上爬下。
拉扯地獄
會被兩個巨大的魔鬼用力拉扯身體，幾乎快把身體扯斷。
各位朋友，歡迎你們來到地獄。現在，由我來為大家介紹地獄的情況。
早知道就不應該做壞事。
現在已經來不及了。
啊，我不想去。

百聞不如一見
這就是
因為作惡多端而到這個地獄的人，後面還有更可怕、更可怕的地獄等著你。
螞蟻地獄
愈是拚命掙扎，想要往上爬，愈是爬不出來。
考試
火焰地獄
光著腳，從超級、超級、超級燙的火橋上走過去。
寫作地獄
每個星期都要寫完一本書。
考試地獄
每天都有考試，所以每天晚上都要複習功課，準備考試。
煮沸地獄
會被丟進巨
鍋子裡煮沸
漫畫地獄
每天要看二十本漫畫。雖然看起來很有趣，但每看完一本，都要寫十頁稿紙的閱讀心得
請過來這裡。
漫畫
請遵守地獄的規定
接下來，請各位從這層地獄中挑選出七個地獄，依次接受考驗。只要能夠發揮忍耐力，完成考驗，就可以進入下一個地獄的考驗。如果很不爭氣的叫喊「好痛」、「好難過」、「救命」之類沒出息的話，就要重新開始。如果可以克服七個地獄的考驗，就可以獲得重生，但大部分人無法忍受，在這裡耗了幾百年，不斷承受痛苦，請你們做好心理準備。已經瞭解這裡情況的人，去找下一個魔鬼報到。

亡者的
正確打扮
三角形的布
•完成了每一個地獄考驗的人，可以在這裡蓋印章。
亡者的號碼
純白色的小短裙
•下襬看起來亂一點比較好。
光腳
魔衣褲
S
M
L
來到這裡之後，大家將被稱為「亡者」，每個人都要穿這種制服。
這裡有範本可以參考，請大家在換衣服時，記住正確的穿法，聽懂了嗎？
亡者
就是死人的意思。

聽完了魔鬼的每一項說明之後，所有人都排好隊走進更衣室。

走進更衣室後，
每個人都一臉不安，
不知道接下來會有什麼
可怕的事等著自己，
大家都默默換衣服，一句話也不說。
「佐羅力大師，好可怕喔，
有沒有什麼方法可以從這裡逃走？」
魯豬豬手上緊緊抓著套圈圈玩具，
渾身發抖的問。

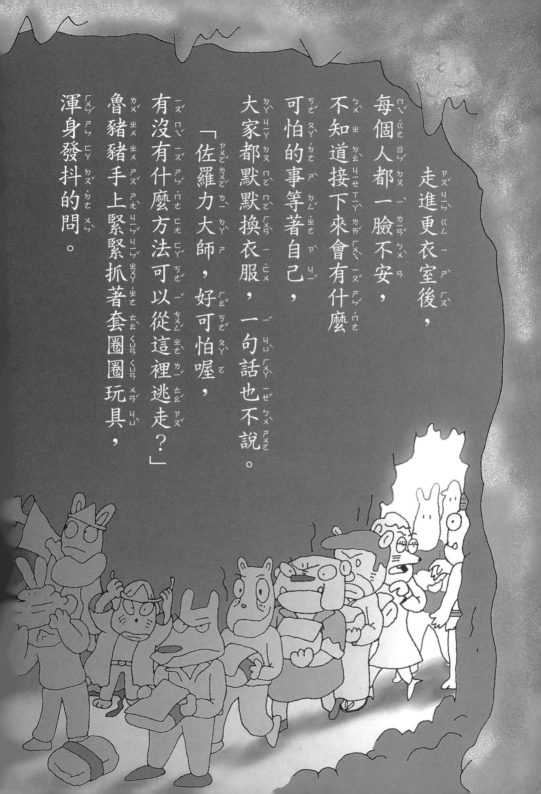

「喔，你把這個也帶來這裡了嗎？」佐羅力拿起其中一個圈圈仔細打量著，又看了看帶來的手套，臉上突然露出奸笑。

「嗯，這招一定管用。」

說完，他把伊豬豬和魯豬豬叫到身邊，對他們咬耳朵說明他的計畫。

不一會兒，所有人都換好了亡者的制服，從更衣室走出來。

佐羅力三人也換好了。但他們的樣子卻是——衣服反穿，背上貼著手套，頭上還頂著套圈圈玩具的圈圈。

魔鬼當然不可能對他們的打扮視而不見。

「喂！你們幾個，不要來這裡搗亂。」魔鬼對他們大吼一聲，立刻把三人抓了起來。

「天使要去天堂報到，
不可以隨便跑來地獄。
你們趕快搭
那個電扶梯回去天堂，
這次我就放你們幾個傻瓜一馬。」
說完，就把他們
丟到地獄外。

嗚嘻嘻，成功了。你才是傻瓜呢！
喔耶！
通往天堂的電扶梯
本電扶梯特別給誤闖地獄的人專用
原來這樣就可以去天堂了。所以，這表示本大爺終於可以見到媽媽了。太好了！

佐羅力想到終於可以
見到在天堂的媽媽，
立刻跳上電扶梯，一路奔跑起來。
但是，從地獄深處直達天堂的電扶梯
並不是普通的電扶梯，
而是很長很長很長的電扶梯。
一眼望去根本看不到
盡頭的電扶梯，
讓他們搭到幾乎快要睡著。

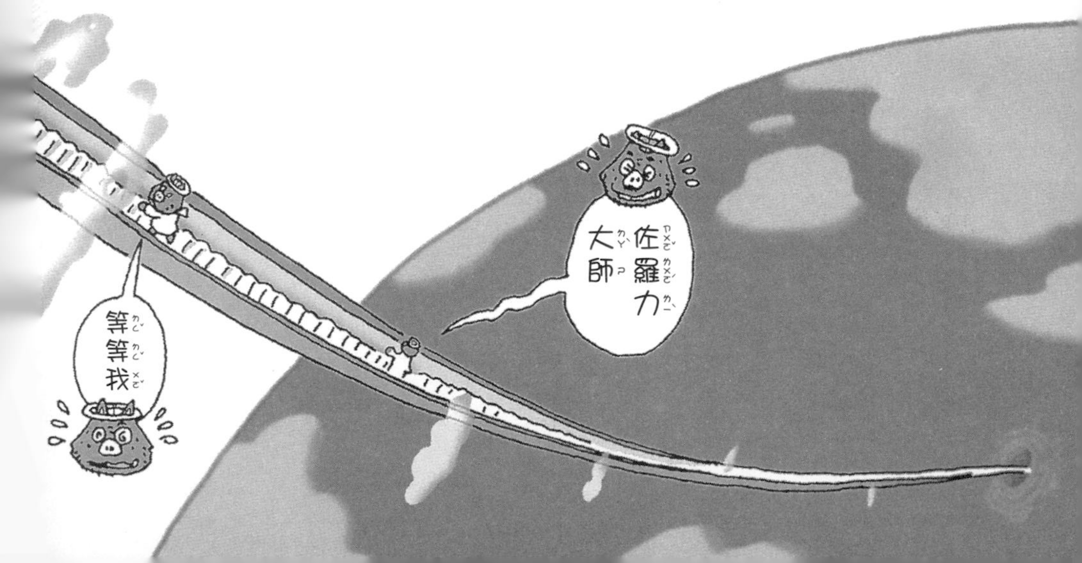

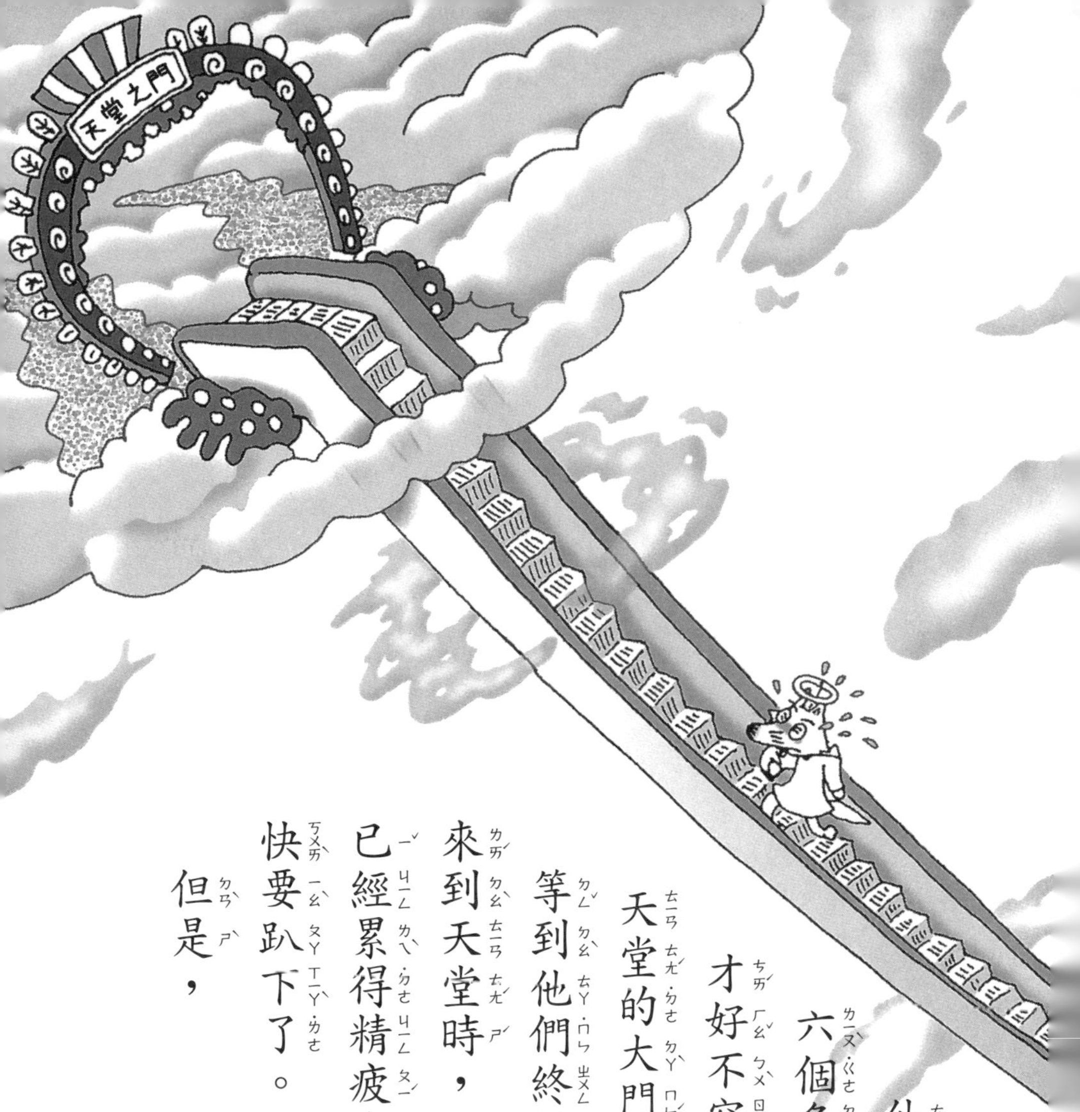

他們足足搭了
六個多小時，
才好不容易看到
天堂的大門。
等到他們終於
來到天堂時，
已經累得精疲力盡，
快要趴下了。
但是，

這裡不愧是天堂，
一走進天堂的大門，
立刻有一個看起來
泡澡很舒服的大溫泉。

「真是太棒了。」

佐羅力和伊豬豬、
魯豬豬立刻跳進溫泉裡，
渾身的疲勞
很快就不見了。

哇，真是極樂天堂，極樂天堂啊。消除疲勞之後，就要馬上行動，去找媽媽嘍。
這時，一個看起來很親切的老爺爺出現了。
啊喲啊喲，你們要找人嗎？那就要再來一招提提神，渾身精神了再出發。請跟我來吧。

老爺爺為他們三個人針灸。

他們立刻感覺渾身充滿活力。

佐羅力不由得感到佩服，說：

「老爺爺，你的針灸簡直是魔法，太有效了。」

「我只是把針扎在正確的穴道上，扎對了就很管用。來，這本書送給你們。」

注意	這是在天堂發生的事，各位小朋友不可以自己把針刺進身體。

老爺爺分別送給他們兩本狐狸用和山豬用的針灸穴道書。

三個人養足了精神、活力百倍後，突然想起肚子好餓這件事。

目錄
增加活力的穴道………P2
增加快樂的穴道………P4
變奇怪的穴道…………P6
鼻孔會變大的穴道……P12
用肚臍燒開水的穴道…P14
促進鼻毛生長的穴道‥P16
感到悲傷的穴道………P2
改善便祕的穴道………P2
治療打嗝的穴道………P2
淚流不止的穴道………P31
有了這本書，隨時都可以活力百倍了。謝謝啦！
佐羅力大師，這本書上介紹了很多穴道唷。
狐狸的穴道圖鑑
咕嚕—

但是，這裡有甜點天堂，
所以一點都不用擔心。
整個城市統統都是
用甜點做成的。

佐羅力他們吃了一個又一個甜點，
滿足得不得了。
「肚子填飽了，
現在出發去找媽媽吧。」
聽到佐羅力這麼說，
貪吃鬼伊豬豬和
魯豬豬急急忙忙

注
這裡的甜點都是不添加化學原料的安全食品，
營養也很均衡。
而且，不管怎麼吃都不會胖，
也不會蛀牙。
天堂果然很美好啊。

把甜點塞進衣服裡，塞得滿滿的。

這時，一個看起來很親切的老婆婆走過來，

年輕人，這裡的甜點都很新鮮，很容易壞掉，如果要帶走，就帶這個吧！

老婆婆送他們口香糖，這種口香糖不管吃多久，都還是甜甜的。

接下來，佐羅力尋找媽媽的旅程終於要開始了。

佐羅力去了很多天堂，到處向人打聽媽媽的下落。
玩具天堂
這裡有各式各樣的玩具，品項很豐富，就連很難買到的稀有玩具，也能馬上找到。
我要找一位看起來很親切的狐狸媽媽。
光是這樣說很難找呀。
我媽媽生氣的時候，看起來有一點凶。
抱歉，我不清楚唷。
魚天堂
喂，拜託你聽我說一下啦。
我是元祖三平，讓各位見笑啦。
一旦說出口，可就完蛋啦。
諧星天堂
所有去世的明星都在這裡齊聚一堂。可以看到很精采的節目。
你告訴我們這些回憶，也沒辦法找到啊。
我讀小學一年級的時候，媽媽每個月給我一百圓零用錢，還經常帶我去遊樂園。
時尚天堂
可以隨便穿各家名牌的衣服，你的媽媽去那裡可能會喜極而泣。
但是，大家都不知道佐羅力口中的媽媽是誰。

音樂天堂

我的媽媽有一頭狐狸色的頭髮，燙得有點捲，既溫柔，又嚴格……
光是聽你這樣形容，根本沒人知道你說的是誰？
巴河馬
母親呀～
媽媽呀～
早知道這樣就把媽媽的照片帶來，那樣應該很快就能找到了。
那這樣吧，我教你一個好方法。你可以過去前面的塗鴉天堂，把你媽媽的樣子畫出來。
沮喪

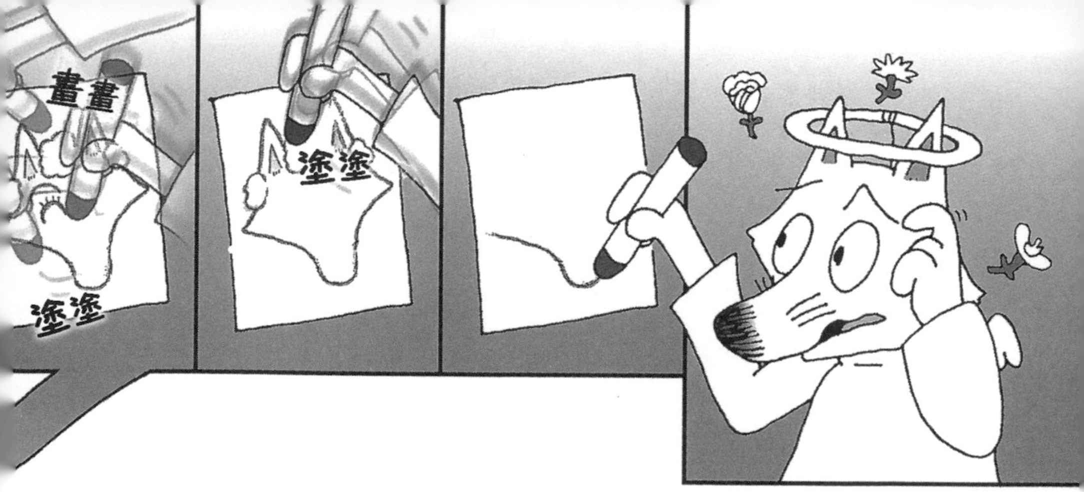

佐羅力聽了，
立刻動身去了塗鴉天堂。

「要畫媽媽的樣子，
本大爺不知道能不能畫出來。」
佐羅力充滿不安的拿起了
塗鴉天堂裡的蠟筆。

這時，手立刻自己動了起來，
把佐羅力腦海中媽媽的樣子
畫在眼前的紙上。

「太厲害了!!
就是這樣，就是這樣，
本大爺的媽媽就是長這樣。
只要拿這張畫給別人看，
一定可以很快
找到媽媽！」
佐羅力說完，
興奮的離開了
塗鴉天堂。

喔，太讚了。我好想去那裡工作。

佐羅力拿著那張
畫得很不錯的媽媽肖像，
向天堂的人到處打聽，
終於找到了媽媽的家。

「終於可以見到媽媽了，簡直就像做夢一樣。」

佐羅力站在媽媽家門前，
他興奮得用發抖的手，
按下了門鈴。

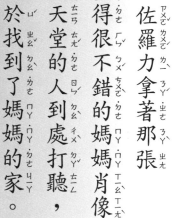

叮咚。

但是，屋內沒有人回應。

叮咚、叮咚。

叮咚、叮咚。

佐羅力

不顧一切的

拚命按著門鈴。

隔壁的阿姨從家裡走出來，告訴佐羅力：

「真不巧，佐羅麗乃今天去參加媽媽排球比賽了。」

「真、真的嗎？她是本、本大爺，不對，是我的媽媽。」

「啊喲，原來你千里迢迢來看媽媽啊。

她是排球隊的隊長，今天是排球比賽的決賽，她們很有機會獲得冠軍呢。你趕快去為她加油吧。」

鄰居阿姨親切的告訴他排球比賽在巨蛋球場舉行，以及前往球場的路要怎麼走。

佐羅力他們立刻趕去球場。

他們到達球場的時候，比賽似乎已經結束了，觀眾們陸陸續續從巨蛋球場裡走出來。

不一會兒，人潮散去，媽媽排球隊的成員也已經收拾好東西，準備回家了。

抱著巨大冠軍獎盃的不是別人，正是佐羅力的媽媽。

巨蛋球場

注意

★佐羅力的媽媽回到人間時，外形的模樣是沒有腳的幽靈，但是她在天堂時，是以天使的樣子生活。

佐羅力情不自禁的奔向媽媽。

媽媽，你太厲害了，恭喜你們得到冠軍。

「佐、佐羅力！」

媽媽看見佐羅力嚇了一大跳，
手上的冠軍獎盃差一點掉在地上。

「你怎麼會來這裡？該不會在我沒注意的時候，
你不小心死掉了吧？」媽媽問佐羅力。

「閻魔王把我抓去地獄了，
但是我很聰明，順利逃了出來，
所以就來天堂找媽媽了。
嘿嘿嘿，只要能夠和媽媽在一起，

哇，他們母子終於再度相見了。
我們別打擾他們，讓他們母子好好聚一聚。
佐羅麗乃，辛苦了。
改天見嘍。
運動俱樂部

即使死掉了也沒有關係。」
佐羅力忍不住向媽媽撒嬌。
這時，

媽媽用力打了佐羅力一巴掌。

「為什麼？你不是和媽媽約定，要建造佐羅力城嗎？佐羅力城建好了嗎？」

「還、沒有……」

佐羅力忍不住垂下眼睛。

「還有，你不是說，要娶一個漂亮的新娘嗎？」

佐羅力低下了頭。

「你還有這麼多目標沒有完成，怎麼可以就這樣死了呢？」

「但、但是啊……」

佐羅力抬起了頭，

「閻魔王給我看了閻魔帳，
上面寫了我的名字，
他還說，只要上面寫了名字，
就非死不可啊。」

「你說什麼？
那個不中用的閻魔王，
一定是哪裡
弄錯了。
佐羅力，

『我還有很多目標沒有完成，
請你讓我繼續活下去』！」
「媽媽，那你也和我一起去，
一起去拜託閻魔王。」
佐羅力看著媽媽。

你現在馬上
去地獄，
告訴閻魔王，
跟他說：

「不行！自己的命運要用自己的雙手去創造。
你現在這個樣子，即使媽媽能夠和你一起生活，
也一點都不會感到高興。
你要好好活完這輩子，再來這裡找我，
媽媽會永遠等著你。」

媽媽說完後，又轉頭
看著伊豬豬和魯豬豬說：

「真對不起，
你們總是陪在佐羅力身邊，

這次也要請你們協助他，好好的活下去，知道嗎？」

佐羅力媽媽溫柔的摸著他們的頭，然後，

指著通往地獄的電扶梯對他們說：

「現在馬上回去地獄！」

當佐羅力他們搭上
通往地獄的電扶梯，
背影愈來愈遠，
遠到終於看不見時，
眼淚從佐羅力媽媽的眼中
流了出來。
「佐羅力，對不起，
媽媽其實很想緊緊抱住你，
但是，媽媽知道不能讓你成為一個愛撒嬌、

永遠長不大的孩子。
即使失敗也沒有關係，
媽媽希望你在努力完成自己的目標後，
再來這裡……
那孩子一定覺得媽媽很嚴厲。」

別擔心，佐羅力已經感受到媽媽的心意了。不信，你們自己看——
本大爺還有很多很多目標想要完成，要建造一座宏偉的佐羅力城，還要娶一個漂亮的新娘，我想看到媽媽開心的樣子。所以，我現在才沒有工夫去死呢！
哦嘿嘿，佐羅力大師的媽媽有摸摸我的頭唷。

伊豬豬、魯豬豬，你們聽到了沒有？我們一定要去拜託閻魔王，讓我們三個人繼續活下去。放心吧，一切都交給本大爺，等我們回到人間，一定要繼續頑皮搗蛋下去。
佐羅力他們去拜託閻魔王後，閻魔王究竟有沒有讓他們繼續活下去呢？且聽下回分解，這次的故事就先到此結束。
為了佐羅力媽媽，我們也要繼續追隨佐羅力大師。
未來，我們也要好好的活下去。

• 作者簡介

原裕 Yutaka Hara

一九五三年出生於日本熊本縣，一九七四年獲得ＫＦＳ創作比賽「講談社兒童圖書獎」，主要作品有《小小的森林》、《手套火箭的宇宙探險》、《寶貝木屐》、《小噗出門買東西》、《我也能變得和爸爸一樣嗎？》、【輕飄飄的巧克力島】系列、【膽小的鬼怪】系列、【菠菜人】系列、【怪傑佐羅力】系列、【鬼怪尤太】系列、【魔法的禮物】系列等。

• 譯者簡介

王蘊潔

專職日文譯者，旅日求學期間曾經寄宿日本家庭，深入體會日本文化內涵，從事翻譯工作至今二十餘年。熱愛閱讀，熱愛故事，除了或嚴肅或浪漫、或驚悚或溫馨的小說翻譯，也從翻譯童書的過程中，充分體會童心與幽默樂趣。曾經譯有《白色巨塔》、《博士熱愛的算式》、《哪啊哪啊神去村》等暢銷小說，也譯有【魔女宅急便】系列、【小小火車向前跑】系列、《大家一起來畫畫》、《大家一起做料理》【大家一起玩】系列等童書譯作。

臉書交流專頁：綿羊的譯心譯意。

國家圖書館出版品預行編目資料

怪傑佐羅力之天堂與地獄
原裕 文、圖；王蘊潔 譯 --
第一版. -- 台北市：天下雜誌, 2014.06
96 面；14.9x21公分. --（怪傑佐羅力系列；28）
譯自：かいけつゾロリのてんごくとじごく
ISBN 978-986-241-874-1（精裝）
861.59 103007186

怪傑佐羅力系列 28

怪傑佐羅力之天堂與地獄

作者｜原裕
譯者｜王蘊潔
責任編輯｜黃雅妮
特約編輯｜游嘉惠
美術編輯｜蕭雅慧

天下雜誌群創辦人｜殷允芃
董事長兼執行長｜何琦瑜
兒童產品事業群
副總經理｜林彥傑
總編輯｜林欣靜
主編｜陳毓書
版權主任｜何晨瑋、黃微真

出版者｜親子天下股份有限公司
地址｜台北市 104 建國北路一段 96 號 4 樓
電話｜（02）2509-2800
傳真｜（02）2509-2462
網址｜www.parenting.com.tw
讀者服務專線｜（02）2662-0332
週一～週五：09:00～17:30
讀者服務傳真｜（02）2662-6048
客服信箱｜parenting@cw.com.tw

法律顧問｜台英國際商務法律事務所・羅明通律師
製版印刷｜中原造像股份有限公司
總經銷｜大和圖書有限公司
電話｜（02）8990-2588

出版日期｜2014 年 6 月第一版第一次印行
2022 年 10 月第一版第十八次印行
定價｜280 元
書號｜BCKCH065P
ISBN｜978-986-241-874-1（精裝）

訂購服務
親子天下 Shopping｜shopping.parenting.com.tw
海外・大量訂購｜parenting@cw.com.tw
書香花園｜台北市建國北路二段 6 巷 11 號
電話｜（02）2506-1635
劃撥帳號｜50331356 親子天下股份有限公司

怪傑佐羅力之
地獄旅行
預告篇
佐羅力的舌頭會被閻魔王拔掉嗎？
他能夠平安順利的游過血泊地獄嗎？